현대시세계 시인선 171

가장 아플 때는 가장 덤덤하게

유귀자
시집

KB193316

가장 아플 때는 가장 덤덤하게

유귀자
시집

도서
출판 북인

비눗갑에 비누가 묻지 않게 살고 싶었다.
수없이 오늘도 나를 지운다.

연못의 저 비단잉어 나를 닮았다.
입으로 쓰고 꼬리로 지운다.
일 획이다.

그래도 미련이 남아
설익은 밥 같은 시집 한 권 내놓는다.

2024년 가을
유귀자

차례

4부

1부

함구

오일장 재래시장
질펀한 바닥에 꼬막대야가 놓여 있다

조막만 한 꼬막들이 한가득인데
아뿔사!
혀가 물린 꼬막 하나
인정사정없다

제 혀가 끊기는데도 절대로 입을 열지 않는다

누가 내 허물을
저토록 함구해준다면

소금쟁이

마음이 떠 있는 건
이별의 예감

온 뇌리에 떠도는 너는
발바닥의 티눈 같은 것

아침부터 저녁까지
나를 휘젓고 다니는 너는

통증보다 더 고통스러운
내 영혼의 가려움증

계단 한 개

단체사진을 찍는데 뒷줄에 섰더니
키가 작아 간신히 눈만 나왔다
계단 한 개를 더 올라섰다
온전히 나온 내 모습
계단 한 개의 높이 그 위력이 대단하다

30분 단위로 계산되는 근로보수가 있다
59분을 찍으면 30분 일한 것으로 계산되고
29분이 찍히면 내 근로는 제로다
온전히 나오거나 사라지거나

계단 하나는 완벽이고
우유를 사야 하는 엄마의 1분은
아가의 울음이다

젓가락 한 짝

어쩌다 젓가락 한 짝을 잃어버렸다
이제껏 나를 먹여 살린 것
반쪽을 잃었는데 전부를 잃은 듯하다
차마 버릴 수 없어
싱크대 맨 구석 어두운 곳에 넣어놓았다
살다가 지친 날에는
불 꺼진 싱크대에 기대어 있었다

햇살 좋은 날
젓가락을 불에 달구었다
생수병을 눕혀 아랫배에 촘촘히 구멍을 내었다
물뿌리개가 되었다
키 작은 채송화에 물을 주었다
꽃물이 되었다

가장 아플 때는 가장 덤덤하게

괜찮아라는 말은 가장 아프다는 말이다
괜찮아라는 말은 가장 그립다는 말이다
괜찮아라는 말은 가장 힘들다는 말이다

그 말은 돌아서서 하는 말이다
그 말은 검은 마스카라가 번져도 명쾌하게 하는 말이다
그 말은 돌아선 어깨가 각이 잡힐 때 하는 말이다

떠난 뒤 그가 얼마나 허물어질지 알기에
가장 덤덤하게
가장 짧게 하는 말이다

벽

오래된 눈물을 숨기는 곳
둥근 포옹을 거부하는 곳
힘든 하루를 기대는 곳

딸아이 미완성 그림이 붙어 있는 곳
내 독백이 먼지처럼 쌓이는 곳
내 뒷걸음을 말없이 받아주는 곳

밀착해본다 납작한 포옹이다
차가운 벽에 가슴을 대면
벽의 가슴에서 내 심장이 뛴다

하늘 청문회

축제의 전야제
폭죽이 터진다

색색의 성게
화려한 먼지떨이

털면 털수록
짙어가는 밤하늘

낱낱이 털어낸다

화려하고 높을수록
털 게 많은 법

대세론

플라스틱 대야에 꼬막이 담겨 있다
그런데도 꼬막대야라 하지 않고
딸기대야에 꼬막이 담겨 있다고 한다

감자를 담았는데도 감자대야라 하지 않고
딸기대야에 감자를 담아놓았다고 한다
한번 담기면 그게 운명이고 대세다

여기도 찻집 저기도 찻집
지금은 찻집이 대세란다
코로나 지나면서 노래방은 시들하고

다닥다닥 늘어선 브랜드 찻집들
제 닭 제가 잡아먹고
우두커니 서 있는 찻집들

폐업 개업 폐업 개업
폐업하기 위해 개업하는 대세들
꼬막은 가타부타 말이 없다

뒷면

팽팽하게 당긴 마음 위에
곱게 놓인 자수
선생님의 검사 시간,
수틀을 뒤집어본다
얽히고설킨 매듭이 많다
잘된 작품은
뒷면의 바늘길이 정갈하다

다녀오라는 말

고시원에서 시린 날을 같이한
친구를 만나러 대전으로 간다
택시에서 내리려 하자
"안녕히 다녀오세요"
나이가 지긋한 중저음의 아저씨
정감어린 인사말,
돌아올 것을 약속하는 가족 같은 인사말에
따뜻해서 돌아보니 낯선 타인이다
아홉 살 때 아버지를 잃어버린 나에게는
너무나 사무치는 말이다

고집불통

이차선 산복도로 아스팔트
가로수 그림자 하나 없다
지렁이 한 마리 가로행이다

돌아가면 길 숲이건만

쭉
쭉쭉
쭉우욱
쭉우우욱
선혈이 터질 듯 시뻘겋다
더 길게 더 멀리 더 빨리

야위어간다

폐차 직전의 트럭도
할부가 꽉 찬 고급 승용차도
지각없는 군화도 지나갈 텐데
내장이 다 보이도록 정오는 길다

소나기 한 줄기 간절하다

길

코바늘 실 한 타래 허공에 길을 내네
처음부터 매듭이지 제 살이 깎여야만
새 길이 생긴다는 걸 돌아보니 알겠네

바르게 가는 길이 쉽지는 않았다네
휘감아 긴뜨기는 젊음의 객기여서
바람이 숭숭거렸네 풀어버린 허공 길

또다시 길을 내네 쫀득한 짧게 뜨기
윗길을 올라설 땐 추임새 한 코 넣어
완성된 털목도리에 수많은 길 엮었네

예순 즈음에

몇 마디 남지 않은
화장실 두루마리 휴지를 교체하면서
멈칫했다 나에게 남은 봄은 몇 번일까

계란을 푼다는 게
쓰레기통에다 푸는 황당한 나이

'적자생존'
적는 자만이 살아남는다는 신종 사자성어
요즘은 건망증 때문에
컴퓨터 모니터 옆 메모지가 빼곡하다

기억의 톱니바퀴는 헐거워져서
헛도는 기억은 생각나지 않는다
풍뎅이 뒤집어져 뱅글뱅글 돌듯
아무리 기억을 돌려보아도 등줄기 땀만 난다

눈앞의 오지

한 팔에 통깁스를 했다
내 손등의 가려움도 해결 못해
눈앞이 오지다

당연한 일상들에 감사함이 격하게 느껴진다

내 옆에 누군가 있었구나
누군가 있어 지금의 내가 있었구나
내가 잘나서 성취했다고 여긴 모든 것들이
결코 내 것만이 아니었구나

새삼스럽게 철이 든다
사람들이 돈 들여가며
오지탐험하는 이유를 알 것 같다

2부

금의 힘

안전점검을 나와서 따라갔더니
건물 3층에 금이 보였다
이 작은 틈이
밤낮으로
온 힘을 다해
건물을 움켜쥐고 있었나보다

박카스

장애인이 온몸으로 힘들게 안고 온
박카스 한 통—
받아라, 못 받는다 한참 실랑이하다
하마터면 서로 얼굴이 닿을 뻔했다

팔꿈치가 없는 두 팔을 가진 남자
머리가 깔끔하고 단정하다

배밀이로 난간까지 밀어놓고
가슴으로 안고 왔을 피로회복제

그는 시장 바닥에서
무릎 꿇는 일이 일상일 테지만
감사할 줄 아는 장애인

남 몰래 틈틈이 하는 미용봉사
존경스러운 내 친구 미용실 원장
박카스를 사이에 두고 서로 빛난다

보고 있는 내 피로가 확 풀린다

꽃무릇

아홉 개의 억지가
하나의 진실을 묻어버릴 때 피는 꽃

목젖이 다 보이도록 항변해도
버선코를 핀셋으로 까보여도
속이 보이지 않을 때 피는 꽃

숨길수록 뜨거워서
수시로 붉은 비처럼 파장이 일지

잎새 하나 없어 그늘 하나 없다
올곧아 바람 한 점 품지 못하면서
애면글면 선 채로 붉은 꽃

색즉시공

부처님 오신 날
대웅전 앞 연등 행렬
하늘을 다 가렸다

날씨도 쾌청하다
하늘에는 색색의
화려한 연등

마당에는 무색의
연등 그림자

공이로다
공이로다
색이 곧 공이로다

애기 부처님
목이 쉰다

본촌띠기 박순임

우리 집에는 유독 새가 많이 온다고
감나무에 까치밥을 많이 남겼다

감자가 더 많은 보리밥이지만
살강 위 소쿠리가 늘 수북했다

장독 뚜껑을 뒤집어
밥상을 만드는 날에는
다리 아픈 단골 거지가 온 날이다

슬하에 8남 2녀를 두었지만,
당신이 떠나자 자식도
새도 거지도 오지 않았다

하늘 문자

오래된 휴대폰에
그녀가 충전기를 꽂는다

그곳에서 심심할까봐
남편에게 문자를 가끔 보내준다
덤덤하게 웃으며 말한다

울면서 웃는 게 저런 것이구나 싶어
같이 웃어준다

인력사무소

인력사무소 앞 수많은 노동자들
뻑 뻑 뻑 새벽 담배를 태우며
팔려가기를 기다리는 인력들
모서리에서 쭈뼛거리는 이방인들

예스, 노, 오케이,
이 세 마디면 다 통한다
밑 빠진 우리말은 아랍어 암호 같고
소장의 손짓발짓이 그들의 하루를 움켜쥔다

아침 해는 밝아오고 가슴은 저무는데
대기자는 점점 줄고 소장은 매몰차다
초보 노동자는 끝내 호명당하지 못한다

마지막 뻥을 치고 있다

벗겨진 이마엔 보기 좋게 가발을 쓰고
영정사진 속에서 마지막 미소를 남발하고 있다
술 못 먹는 게 인간이냐 하던
인간성 좋던 놈이 간암으로 서둘러 떠났다

친구들 먹이겠다고 전날부터 맥주를 얼려
등산 때 산등성이까지 메고 오던 놈이다
너무 얼려서 구멍을 내어 빨아먹은 적도 있었다

어릴 적 동네 친구 모여서
남녀가 한 방에 자는데
여학생 가슴에 손 얹는 놈 있을까봐
밤새 보초를 서던 놈이다

절대로 남에게 손해보이는 일이 없던 놈
자기가 만든 모임의 정관에
본인 사망 시 지급되는 조의금 항목이 없었다

단축번호 1번

눈이 침침하다고
전화번호 좀 눌러달란다

할머니의 휴대폰은
신발 끈으로 매달아
발등에 닿을 듯이
목에 걸려 있다

통화만 가능한 2G폰
케이스는 낡아서
화상 입은 흉터 같다

폰을 열어보니
숫자 1은 지워지고 없다
얼마나 눌렀을까
당신의 우주였을
단축번호 1번

"거 거 아무것도 없는 숫자
그기 내 아들놈이요.
좀 눌러주소."

목장갑

몇 번을 속았을까
헐거운 문짝이 바람에 덜컹거릴 때마다
큰앤가, 둘째인가, 혼자 사는 딸인가?

몇 번을 열어본 여닫이문,
이제는 안 속는다!
목장갑을 문틈에다 끼워놓는다

목장갑이 대문을 붙잡고 있다
구순의 기다림을 붙잡고 있다

어떤 설법

찻잔을 사이에 두고
큰스님은 아무 말씀이 없었다
미동도 없었고 염주도 돌리지 않았다
초면이다 한 시간이나 지났을까
소나기 같은 눈물을
손등으로 받아내는 그녀에게
미안합니다 보살님,
나는 결혼도 안 해봤고
직장도 안 다녀봤고 아기도 안 낳아봐서
대안도 모르겠고 위로도 할 수가 없습니다
아기 동자로 절에 와서
엄마가 보고 싶으면
대웅전 기둥을 안고 밤새도록 돌았습니다
그렇게 그 시간 참아내었습니다

여자는 코트를 챙겨 들고
순천행 막기차를 타러 일어섰다

꽃팬티

어버이날 수급자 할머니한테
꽃팬티 한 통 선물했더니
뭐한다고 무담시 이런 걸 사왔나
영감도 없는데…
입가에 부끄러운 미소가
팬티 꽃잎처럼 피어나는
올해 92세, 임순희 할머니

목련

볼록한 저 볼

쏟아지는 잠을 참으려고
입에 한가득 물을 머금었구나
그럼에도 불구하고
손안의 각얼음 온기로 녹아내리듯
며칠을 못 참고
헤픈 웃음 발길에 수북하다

파출소 앞 목련나무 훈수를 둔다
꾹 다문 입
별 수 없으니 진실은 빨리 말하는 게 좋다고
어쩔 수 없는 건 어쩔 수 없다고

칡

대나무 안고 칡덩굴이 돈다
댓잎이 쏴아아 쏴아 우는 팔월,
댓잎 뒤에 칡꽃이 숨어서 핀다

명절이면 뒷줄에 앉아 있는
작은년 딸아이 닮았다

보랏빛으로 자주색으로
아픔 많은 여인이
처음으로 웃는 것 같다

너인 듯 나인 듯
아무리 부둥켜안아도
칡은 칡 대나무는 대나무
봄부터 넉살좋게
굽실거리며 오르고 또 올랐지만

낫을 숨긴 뒷집 영감
"사람으로 치면 기생충이여"
순식간에 동강난 허리 허망하다

그래도 다음해 또 무성하리라
질기다 뒤틀린 사랑이여!

복숭아꽃

봄 햇살 받은 슬레이트 지붕 위
새끼고양이 천지를 모르고 통잠에 들었다
발바닥이 몽글몽글 분홍빛이다
복숭아꽃 막 터지기 직전이다

3부

모성

우북한 밭뙈기 풀 다 베고
예초기 내려놓고 돌아서는데
그제야 푸드득 날아가는 꿩 한 마리

꿩 날아오르던 자리 찾아보니
잘려나간 풀 밑동에
꿩알 다섯 개 놓여 있다

예초기 칼날이 머리 위로 다가올 때
에미는 얼마나 마음 졸였을까

동백은 지고

맨드라미 꽃주름 곱게 잡아
시멘트 마당에도 살을 붙이고
이른 봄 당신의 속울음 같았던
동백이 뚝뚝 떨어지고
엄마의 가르마 같던 담쟁이는
주인 잃은 장독대를 휘감아 도는데
햇살 바른 양지에 서서 나는
당신이 가신 해를 헤아려봅니다

절대로 당신처럼 살지 않겠다던 나는
눈물로 보고서를 씁니다
올봄에도 동백은 넘치도록 피고
맨드라미 붉게 피어 여름이 무색하고
담쟁이는 끝없이 뻗어가며 무성하여
당신의 장독은 여전히 튼실합니다

엄마라는 간짓대

기찻길 건널목 신호기 같은 간짓대가 있었지
옥양목 이불이 하얗게 널려 있는 날은
어김없이 아버지가 오신 날이었지

그때마다 간짓대 허리가 휘었지
거꾸로 선 V 자를 위태롭게 꼭대기에 매달고
요리조리 중심을 잡던 간짓대

애꿎은 이불만 까슬까슬 말리던 날은
이불 홑청 뒤에 숨은 엄마가 마르던 날,
고무신 콧날만 젖었지

평생을 받드는 일이 운명이었던 당신은
집안의 든든한 간짓대였지
아직도 내 마음의 간짓대로 거기 서 있네

인연줄

늦은 빨래를 걷어 돌아서는데
낡은 마지막 줄을 잡고 있는
어머니 생각에
다리가 휘청거립니다

요양원에서 보내온
마지막 기억 저장놀이
집게 집기놀이
일상의 동영상을 안부로 받습니다

기다려주지 않는 것을
젊은 날에는 왜 그렇게 당신을
의무감으로만 대했을까요

미동 없는 병상의 주삿줄
당신과 나의 인연줄
저승과 이승 사이의 질긴 줄
모두가 고래 심줄입니다

여름밤

사각의 모시 이불 넉넉한 여름 이불
적당히 풀을 먹어 여름이 까슬까슬
어머니 마지막 선물 모서리가 해지다

입술로 한 올 한 올 습도를 조절하며
무릎이 다 닳도록 선과 선을 이었지
그리움 소낙비 되어 질척이는 여름밤

넘치면 까칠하고 작으면 흐물흐물
여름을 풀칠하다 실수도 경험이라
지금은 어림이 짐작 어찌 이리 좋을까

손끝

모시이불 해진 부분을 잘라내고
사각의 모티브를 여러 개 만들었다
구정 뜨개실 사슬뜨기로 이어
식탁보로, 찻상받침 컵받침으로
쓸모를 따라 작아진다

엄마는 한쪽 무릎에 나를 누이고
입술이 터지도록 침을 발라가며 이었다
여자가 손끝이 야물면 팔자가 세다고
끝내 그 손끝 내게 가르쳐주지 않았다

"막내 울음은 저승까지 온단다"
혼잣말을 하던 울 엄마,
작고 낡은 모티브 한 개라도
쥐고 가면 나인 줄 알려나

퉁치다

자식들 밀물처럼 왔다 썰물처럼 갔다
석 달 열흘 가뭄 끝에 소나기 한 줄기처럼
뭇 젓가락 다녀간 모듬회 빈 접시처럼

모듬 핏줄들 모여서 단체 조문하듯
지나간 설, 어버이날, 6월에 든 생일까지
죄다 모으고 모아서 한번에 퉁쳤다

흔하디흔한 김밥 토막처럼
토막토막 나누어서 볼 수는 없을까
내 죽기 전 몇 번이나 칠는지 모를
그 퉁!

엄마의 밥

당신의 가마솥 밥에는
물의 높이를 가늠하는
손금 자와 눈금 자가 있었지
손가락 마디의 작은 눈금 자도 있었지

매일 하는 밥에도
계절마다 변하는 에누리가 있었지
햅쌀에는 물의 양을 자작하게 했고
묵은쌀에는 넉넉히 손등을 넘기는 짐작이 있었지

어림이 정확한 잘된 밥을 식구들 밥그릇에
나누어 담을 때도 누구 하나 서운할까봐
당신의 마음은 삼베오리처럼 섬세했지

그때 먹은 게 밥이 아니었음을
당신의 가슴이고 심장이었음을
오늘 혼자 식은밥 먹으면서 깨닫네

일몰

어둠 속에서
산山이 솟는 것도
그 산들이 모여
맥脈이 생기는 것도

목젖이 타도록 뜨거운 것을
삼킨 후의 일이래

가슴뼈에 실금이라도 간 듯이
그냥 가만히 잔주르는 거래

그 시간들이 모여서
뜨거운 밤을 삼키는
거대한 산이 되는 거래

둥근 피붙이들

진사로 만든 녹차 도구들은
붉은 빛을 발한다
다관에서 퇴수기까지
둥근 피붙이들이다

같은 잔에 같은 차를
나누어 마시면
가족처럼 닮는다
둘러앉은 동그란 차[茶]붙이들

수직의 그리움

새벽이 밀려나가자
댐 위로 아침 안개는
수직으로 피어올랐다

기온과 기온 사이에 피어오르는 물기둥
새벽과 아침 사이에 피어오르는 물안개
이별과 이별 사이에 피어오르는 그리움

한껏 머금었다가
아프지 않게 보내는 일,
그것 또한 하늘의 일

멈추는 것, 흐르는 것, 때를 읽는 것
인간의 힘으로 어찌할 수 없는 일

찬바람 속을 서릿발로 나서려는 마음 숨기고
묵묵히 깊이만 더해가는 댐은
눕지 못하는 수직의 그리움

먼나무

살다가 살다가
괜스레 마음이 시리거든
두 번째 서랍 맨 안쪽에 소중히 두었던
인감도장을 꺼내듯
나를 꺼내어 달빛 따라 거닐어주세요

전원주택
설계도보다 먼저 온 정원수 먼나무에
내 이름 명명하여 이른 아침 하얀 발목 적시며
허리 굽혀 잡초 하나 허락지 말아주세요

겨울새의 족보에
써내려간 붉은 이력을
봄부터 겨울까지 열독하여 그 인연
잊지 마시고 오늘의 일기장에 기록해주세요

밤새 내린 눈을 이고
붉은 열매 촉촉이 윤기날 때
잎새 사이 뾰족이 비집고 들어온 젊은 날의 기억을
부디 잊지 말아주세요

콩나물

숨죽인 숨소리마저 노랗게 머금고 있다
부대끼고 불어터지는 스스로의 생채기.
팽윤하는 아픔 뒤
통통하고 매끄럽게 윤기난다
살을 맞대고 살아도 곁은 주지 않는다
윗눈썹이 입술에 닿을 때까지
낮과 밤을 세로로 갈래갈래 자르고 잘라서
틈새 머리를 들이민다

세상에 태어났으니
사천 원 시래기국밥의 연인이기보다는
모가지가 비틀어지고 발이 으드득 뜯기더라도
태평양 연해의 아귀를 만나 한바탕 붉은 정사도 꿈꾸고
입천장이 데는 일이 있어도
아들도 못 믿어하는 복창소리
시원하다는 말 들어봐야지

목젖이 보이도록
큰 입을 다 벌릴 때까지

능소화

소화는 무당의 딸
"이렇게 예쁜 꽃이 어떻게 무당꽃이야?"
의문스러울 때마다 피는 꽃

내림굿으로 무당이 된 소화
신들린 듯 피는 꽃
발끝으로 지는 꽃

능소화는 무당꽃
화려한 만큼이나 애잔한 꽃

* 조정래의 대하소설 『태백산맥』에 등장하는 소화.

4부

세일즈맨

깨지기 쉬운
그래서 상처받기 쉬운 날들

오늘 하루를 어떻게 잘 구워삶을까?

앉았다 일어서는 자리마다
움푹움푹 패어 있네

이빨 빠진 계란 한 판처럼

절이다

고구마 줄기를 벗기는데 툭툭 부러질 뿐
순순히 벗겨지는 법이 없다
연애가 끝날 무렵
우리의 대화가 그랬다

고구마 줄기를 소금물에
조금만 절여두면 쉽게 벗겨진단다

그때 우리 자존심도 소금물에 조금만 절여둘걸
네가 먼저 스며들 수도
내가 먼저 나긋해질 수도 있었을 텐데

절여지지가 않아서
절일 줄을 몰라서
부러져버린 젊은 날의 후회

꽃핀

오늘도 술에 취해 거실을 가로질러 누워 있다
도저히 이 인간 이제는 안 되겠다 싶었다
나 없으면 라면이라도 끓여먹으라고
마지막 김치 담가놓고 나서다가

점퍼나 벗겨놓고 가려는데
오른쪽 호주머니에 꽃핀 가득
왼쪽 호주머니에도 꽃핀 가득
안쪽 호주머니에도 꽃핀 가득

길거리 네온사인 밑
손수레에서 예쁜 꽃핀 다 샀나보다
꽃핀에 막혀서 집 나가려다 서 있다

혼자 사는 여자

마음놓고 웃지도 못했네
유행 따라 짧은 옷도 못 입었네
속마음 토해낼까 취할 수도 없었네
사방이 규율이었네

모눈종이에 동그라미 그리기가
유일한 취미 일종의 기도였네

가장 작은 사각 안에 나를 들여앉히는 일
둥글게 둥글게 수많은 눈이 생기네

두 개의 동그라미 그려놓고 밑줄에
스마일 입술을 그려넣었네
미소가 되네 나도 따라 웃네
혼자놀기 진수였네

젊은 날의 빗금

집 앞까지 데려다주고 가는
그의 왼쪽 어깨가 흠뻑 젖어 있었다
나는 하얀 바지가 젖을까봐
밑만 보고 걸었다 이기적인 날들이었다

선하고 유하다는 이유로 선택한 것이
점차 우유부단으로 다가왔고
그것들이 발목을 잡았다
흑과 백 사이 회색은 누룩 냄새가 났다

바람이 세차게 불었다
수많은 빗금이 그어지고 있었다
쪼그리고 앉아 있었더니 다리가 아팠다

마흔

돌아가기엔 너무 많이 왔다
마흔은 오기였다
다시 되돌아가려는 길

가로등 밑에서 오열했다
검은 마스카라 닦아주는
가로등 목소리 나직하다
아직도 늦지 않았다고

더 늦기 전에 돌아가야 한다
그런데 어디로 돌아간단 말인가
왔던 길은 지워지고 없는데

행운은 가끔

아무도 줍지 않는 10원 동전
뭇사람들이 오가는 발끝에서
체면 무릅쓰고 허리 굽혀 주웠네

1970년산 적색 희귀 동전
시가 백만 원을 오간다네

행운은 가끔 체면 구겨야 온다네

솔솔솔

솔의 음으로 핑계를 대요
슬픈 날에는 마스카라를 발라야 해요
더 슬픈 날에는 덧칠을 해요
솔 솔 솔 맑게 웃어야 하니까요

칡은 솔 솔 솔
경쾌히 휘감아올라요
전봇대 대나무 오동나무에도
배가 간지러워 기어야 하니까요

코로나로 매출이 바닥
고만고만한 살림 다섯 형제자매가
큰누님 식당 월세를 내어줬어요
지나가는 소나기라며 흔쾌히 받았어요

햇살이 좋아 노을이 붉어
이층에서 들리는 통기타 소리가 맑아
솔의 음으로 전화를 해요
비눗방울 잡으러 가는 아이처럼

흩

애초부터 부스러기 넌 흩이었어
그 고독 얼마나 깊었으면
군중 속에서도 네겐 곁이 없었을까

축제가 끝난 여름밤의 모래밭
뭍사람들의 어지러운 상처
손뼉 한 번으로 털어버리지

밀물과 썰물이 다녀간 첫 페이지에
떨어진 깃털
헝클어진 언저리에 새 발자국들
지난 밤 사랑의 흔적이 남아도
미련 없이 그냥 놓아버리지

가볍거나 무겁거나 깊거나 얕아도
그대로에 젖어드는 모래
움켜진 손을 펴본다

나 또한 흩으로 살다가 지고 싶어

시소

나의 비상과 너의 추락은
네가 나를 사랑한 시간이고
나의 추락과 너의 비상은
내가 너를 사랑한 시간이다

가장 짧은 현재와
가장 짧은 과거의 교차점엔
사랑의 정점이 걸려 있다

가벼운 내 사랑 앞에
네가 다가왔고
무거운 네 사랑엔
물러선 내 사랑

사랑은 내려오는 것
사랑은 한발을 들어주는 것
추락엔 모래 융단을 깔고
비상엔 푸른 상한선을 그으면

평행은 옆에 있어도 외롭고

교차는 마주 보지 못해도 절정이 있다
엇갈리는 스침에
수국 색으로 물드는 아련한 환희

채석강

젖어 있구나
돌도 이렇게 젖을 수 있다니!
바다 벌레 무수히 책장 속으로 숨는다
층층이 쌓인 돌
아무리 석벽이라도 층간소음 같은 아픔 없었겠냐만
한 번도 밑장을 빼지 않았다

햇볕에 마르기 전
달빛에 젖기 전
온화한 풍랑으로 오겠다는 의지는
파도에 깨어져 속으로만
돌길을 내고 물길을 내고 있다

층암 아래 기대어
잠시 눈을 감았다
중간에 쌓인 시집 한 권 빼다가
와르르 무너지는 꿈을 깼다

프로가 되는 길

무 한 뿌리를 채 썰었을 뿐인데
손가락에 물집이 잡혔다
곧 굳은살이 될 것이다
액체가 고체로 바뀌는 과정이다

영업 나갔다가 백프로 확신했던 계약이 깨졌다
이리저리 아는 얼굴들에게 휘둘린 느낌
가슴에 못이 박혔다
박지도 빼지도 못할 때는 덧씌워서 가릴 때가 있다
아마추어가 프로가 되어가는 길이다
나는 아직 새발의 피다

20년 경력의 손이 무채를 썬다
손 전체가 칼이다
눈 감고도 가장 얇게 가장 고르게
수많은 칼날을 민첩하게 피해간다
하나의 무가 수많은 무가 되어도
상처 없이 하얗게 촉촉하다

승진의 비결

이유 없이 또 승진에 밀렸다

나는 묵묵히 일 잘하는 소
재산 1호, 일등공신이라
회식 때마다 추켜세우지만

정작 놀고도 잘 먹는 놈
거기다 사랑까지
듬뿍 받는 놈 따로 있다
저기 앉은 개—

문제는 꼬리였다
잘 흔드는 꼬리

소꼬리곰탕은 맛이 없다

어항

민낯으로 길을 내며
소리 없는 경적을 울린다
질척이지 않는 수면 뭉개진다
지나간 자리는 흔적이 없다

물고기가 눈물이 없는 것은
어항이 넘칠 것을 염려해서였을까

외톨이 구피 한 마리
유리벽을 탄다
똑같은 한 마리가 따라서 돈다

개불알꽃

이름이야
아무려면 어때요
난 괜찮아요
난 나인 걸요
속삭임 같은
작은 꽃인 걸요

'덤덤함'으로 빚어낸 진정성의 힘

김남호/ 시인, 문학평론가

    2000년대를 넘어서면서 우리 시는 지나치게 길어지고 풀어졌다. 문예지나 시집을 펼치면 두세 페이지를 채우는 시들이 흔하다. 시가 길어진 것은 그 이전의 시들에 대한 반작용에서 온 현상일 수도 있겠고, 자본주의적 욕망에서 비롯된 언어의 과잉일 수도 있다. 물론 우리 시의 이런 현상에 대해 여러 가지로 해석이 가능하겠지만, 중요한 건 시가 독자들을 잃고 있다는 점이다. 대체로 시가 길어지면 읽기가 힘들고 재미가 없다. 운율도 서사도 논리도 없는 장문의 글을 집중해서 읽는다는 건 고통스러운 일이다. 그래서 최근 들어 짧고 쉬운 시가 주목을 받고 있다. 유귀자의 시도 그런 측면에서 주목할 만하다.

    그의 시는 짧고 예리해서 비수를 연상시킨다. 상대적으로 긴 시편들도 의미의 장악력과 응집력 때문에 길게 느껴지지 않는다. 일상의 풍경 속에서 시적 대상을 골라 낚아채는 감각이 탁월하고, 그것을 자기 세계로 끌어당겨 자신

만의 언어로 형상화하는 능력이 돋보인다. 은유를 구사하
는데도 은유처럼 느껴지지 않고 자연스럽다. 자연스럽다
는 것은 그만큼 능란하다는 뜻이고 오랜 시간 자신의 감각
과 언어를 탁마했다는 뜻이다. 첫 시집에서 이만한 성취를
보이기는 쉽지 않다.

오일장 재래시장
질펀한 바닥에 꼬막대야가 놓여 있다

조막만 한 꼬막들이 한가득인데
아뿔사!
혀가 물린 꼬막 하나
인정사정없다

제 혀가 끊기는데도 절대로 입을 열지 않는다

누가 내 허물을
저토록 함구해준다면

—「함구」전문

함구緘口란 말 그대로 '입을 봉해버린다'는 뜻. 기밀을 절
대 누설하지 않는다는 말이다. 만약 누설할 경우 자신 혹
은 타인에게 손해나 위해가 생길 수 있기 때문이다. 시인
은 재래시장에서 어물전을 지나다가 꼬막이 담긴 대야를
만난다. 대야 속에 "혀가 물린 꼬막 하나"가 보인다. 이미

생의 막장까지 왔는데도 꼬막은 "제 혀가 끊기"도록 "절대로 입을 열지 않는다". 시인은 그 풍경을 보면서 생각한다. 도대체 꼬막은 무슨 비밀을 지키려고 자신의 목숨을 거는가 하고. 그러면서 순식간에 드는 생각, "누가 내 허물을／저토록 함구해준다면".

이 풍경에서 시인이 생각한 것은 누군가 나를 위해 자신의 전부를 거는 자가 있다면 얼마나 든든하겠는가 하는 거였다. 뒤집어서 이해하자면 지금까지 어느 누구도 나를 보호해주기 위해 스스로를 궁지로 몰아넣는 사람은 없었다는 것. 늘 남들 입에서 내 허물이 오르내리지나 않을까 전전긍긍해야 했고, 그들이 무심히 흘린 내 허물 때문에 내가 쌓아온 모든 것들이 일순간에 사라지지나 않을까 노심초사했다는 말이다. 삶이라는 전쟁터에서 허물은 곧 허점이고, 그 허점은 적들이 나를 공격할 빌미가 되고 만다.

이 시에서 '꼬막'이 원관념이라면 '함구'는 보조관념이다. '꼬막'이라는 원관념에 '함구'라는 보조관념이 붙으면서 '꼬막'의 내포가 확장되고 시는 그만큼 풍부해지고 단단해진다. 이게 바로 은유의 효과이고 시인의 역량이다.

안전점검을 나와서 따라갔더니
건물 3층에 금이 보였다
이 작은 틈이
밤낮으로
온 힘을 다해
건물을 움켜쥐고 있었나보다

이 시도 은유의 힘으로 단단하다. 건물 안전점검을 하다가 3층에서 금이 간 것을 발견한다. 건물에 금이 갔다면 이건 서둘러 조치를 취해야 할 사안이다. 금이란 붕괴를 의미하기 때문이다. 하지만 시인은 금에서 어떤 힘을 발견한다. 금이 간 "작은 틈"을 건물의 붕괴를 예고하는 전조가 아니라 "밤낮으로/ 온 힘을 다해/ 건물을 움켜쥐고 있"는 안전장치로 읽은 것이다.

그렇다면 시인은 왜 금이 건물을 붙잡고 있다고 여겼을까? 그것은 시인의 지나온 삶이 그랬다는 뜻이다. 남이 볼 때는 완벽하고 빈틈이 없어 보였겠지만, 속으로는 빈틈을 가리고 숨기려고 얼마나 노심초사했겠는가. 나를 지금의 모습으로 견디게 해준 것은 바로 내 안의 무수한 금들이 나를 움켜쥐고 버텨준 덕분이라는 것. 나의 허물들이 나를 똑바로 설 수 있게 했다는 뜻이다. 이 얼마나 의미심장한가. 그리고 이 얼마나 솔직하고 아픈 고백인가.

*

유귀자 시의 힘은 크게 두 가지로 나누어볼 수 있다. 하나는 앞에서 살펴본 바와 같이 은유라는 비유의 방식에서 나온다. 비유는 단순히 표현의 수단이 아니다. 그 비유를 통해서 시인은 자신의 사유와 철학을 드러낸다. 다른 하나는 진정성이다. 그의 시를 읽다보면 시인에게 무슨 이야

기를 해도 끝까지 들어주고 이해해줄 것 같은 느낌이 들거
나, 시인은 무슨 일이 있어도 내 편이 돼줄 것 같은 신뢰가
느껴진다. 이런 공감과 신뢰를 만드는 게 바로 진정성이다.
진정성이란 어떤 꾸밈도 계산도 없는 '순수한 진심'이다.

> 마음놓고 웃지도 못했네
> 유행 따라 짧은 옷도 못 입었네
> 속마음 토해낼까 취할 수도 없었네
> 사방이 규율이었네
>
> 모눈종이에 동그라미 그리기가
> 유일한 취미 일종의 기도였네
>
> 가장 작은 사각 안에 나를 들여앉히는 일
> 둥글게 둥글게 수많은 눈이 생기네
>
> 두 개의 동그라미 그려놓고 밑줄에
> 스마일 입술을 그려넣었네
> 미소가 되네 나도 따라 웃네
> 혼자놀기 진수였네
>
> ―「혼자 사는 여자」전문

　어떤 이유로 혼자 사는 사람, 그것도 혼자 사는 '여자'를
바라보는 시각은 우호적이지 않다. 그들을 바라보는 주위
의 시선은 집요하고 편파적이다. 그래서 혼자 사는 여자들

이 겪어야 하는 사회적 장벽은 두껍고도 높다.

"마음 놓고 웃지도 못"하고 "유행 따라 짧은 옷도 못 입"고 "속마음 토해낼까 취할 수도 없"다. 사람을 피해서 할 수 있는 게 혼자 노는 거 말고 뭐가 있겠는가. 하필 혼자 노는 방법이 "모눈종이에 동그라미 그리기"이다. "사방이 규율"이니 어차피 세상은 모눈종이가 아닌가. 모눈종이라는 "가장 작은 사각 안에 나를 들여앉히는 일"은 놀이를 넘어 "유일한 취미 일종의 기도"이다. 모눈종이에 그려진 수많은 동그라미는 나를 응시하는 사람들의 "눈"이다.

그런데 그냥 동그라미만 그리기가 지겨워져서 장난을 한다. 모눈종이에 동그라미 두 개를 그려놓고 그 밑줄에 "스마일 입술을 그려"넣는다. 그러자 두 눈을 동그랗게 뜨고 웃으면서 나를 마주보는 표정이 만들어진다. 그 미소를 보고 나도 따라 웃는다.

이 시는 사막에 혼자 남은 사람이 너무 외로운 나머지 뒷걸음치면서 자신의 발자국을 바라본다는 '오르텅스 블루'의 짧은 시 「사막」을 연상케 한다. 지독한 외로움이 한 사람을 시인으로 만들기도 하는 것이다.

오래된 눈물을 숨기는 곳
둥근 포옹을 거부하는 곳
힘든 하루를 기대는 곳

딸아이 미완성 그림이 붙어 있는 곳
내 독백이 먼지처럼 쌓이는 곳

내 뒷걸음을 말없이 받아주는 곳

밀착해본다 납작한 포옹이다
차가운 벽에 가슴을 대면
벽의 가슴에서 내 심장이 뛴다

—「벽」전문

일반적으로 벽壁은 문門의 반대 개념으로 구속이거나 억압 혹은 단절이거나 장애를 의미한다. 하지만 이 시에서 벽은 다르게 쓰인다. 벽은 "둥근 포옹"의 대상은 될 수 없지만 시인의 "오래된 눈물을 숨"겨주고, "힘든 하루를 기대"게 하는 편안한 친구는 될 수 있다. 이 친구는 "딸아이 미완성 그림"을 걸어주고 "내 독백"을 들어주고 "내 뒷걸음을 말없이 받아"준다. 벽과 나는 '소울메이트'이다. 그래서 "차가운 벽에 가슴을 대면/ 벽의 가슴에서 내 심장이 뛴다"고.

벽과 교감하는 이 시는 따뜻한 시인데도 불구하고 어떤 슬픔이 느껴진다. 왜 그럴까? 벽을 끌어안고 벽에 기대어 우는 사람. 오래 전 딸아이가 그렸던 그림이 아직도 붙어 있는 벽 앞에서 혼잣말을 하거나 뒷걸음을 치는 사람. 차가운 벽의 심장을 나누어 가질 수밖에 사람. 이 시는「혼자 사는 여자」와 자매편 같지 않은가. 지독한 외로움은 슬픔이라는 그림자를 거느릴 수밖에 없다.

벽을 통해 가장 내밀한 아픔을 드러내는 이 시는 시인의 고단한 삶이 실물감각으로 전해지기 때문에 독자는 강한 감동과 연민을 느끼게 된다. 이처럼 숨겨진 마음을 절제된

고백으로 조심스럽게 드러내보일 때 독자는 시인을 신뢰하게 된다. 이게 바로 유귀자 시의 진정성이 갖는 힘이고, 그 힘이 만들어내는 흡인력과 친화력이다.

*

하지만 유귀자 시의 매력을 이 두 힘으로는 온전히 설명할 수가 없다. 그의 시는 은유와 진정성을 동원하여 닿고자 하는 지점이 따로 있기 때문이다. 바로 '따뜻함'이다. 그냥 따뜻함이 아니라 속 깊은 배려에서 오는 따뜻함이다. 이때의 '배려'는 '마음 써서 보살피고 도와주는' 좁은 의미의 배려를 말하는 게 아니다. 시인이 세계를 바라보는 시선의 질감이고, 세계를 온몸으로 껴안으려는 태도와 자세이다.

장애인이 온몸으로 힘들게 안고 온
박카스 한 통—
받아라, 못 받는다 한참 실랑이하다
하마터면 서로 얼굴이 닿을 뻔했다

팔꿈치가 없는 두 팔을 가진 남자
머리가 깔끔하고 단정하다

배밀이로 난간까지 밀어놓고
가슴으로 안고 왔을 피로회복제

그는 시장 바닥에서
무릎 꿇는 일이 일상일 테지만
감사할 줄 아는 장애인

남 몰래 틈틈이 하는 미용봉사
존경스러운 내 친구 미용실 원장
박카스를 사이에 두고 서로 빛난다

보고 있는 내 피로가 확 풀린다

　　　　　　　　　　　　　　　　—「박카스」전문

　시 속의 극적 상황은 이렇다. "내 친구 미용실 원장"은 어
려운 이웃들에게 "남 몰래 틈틈이" "미용봉사"를 한다. 시
장통에서 "배밀이"로 잡화 수레를 밀고 다니는 장애인도
'미용봉사'를 받은 사람 중 하나였나보다. 그는 고마운 마
음을 전하기 위해 박카스 한 통을 온몸으로 "배밀이"해서
"가슴으로 안고" 온다. 하지만 친구는 그의 마음이 고맙고
도 미안해서 "받아라, 못 받는다"며 실랑이를 벌인다.
　지역신문에 가십거리도 되지 못할 사소한 미담이겠지만
"박카스를 사이에 두고" 서로를 이해하고 존중하는 모습은
뭉클하다. 옆에서 그 장면을 지켜보고 있던 시인은 "피로
가 확 풀"림을 느낀다. '박카스'보다 박카스를 들고 온 장애
인의 마음이, 그리고 그의 마음을 알아주는 친구의 마음이
강력한 '피로회복제'이다. 중요한 것은 그런 풍경을 예사롭
게 보지 않고 따뜻하게 지켜보는 눈이고, 그런 눈을 가능

하게 하는 마음이다. 마음 없이 볼 수 있는 풍경이 어디 있으라.

세상을 따뜻하게 만드는 사람은 말이 앞서가는 정치인이나 종교지도자가 아니다. 자기 몫의 외로움을 묵묵히 견디는 사람이고, "울면서 웃는" 아픈 친구를 옆에서 지켜보며 "같이 웃어주"(「하늘 문자」)는 사람이다. '진심'만큼 상대를 굴복시키는 강력한 무기가 없고, '공감'만큼 상대를 응원하는 강력한 위로가 없다. 여기에서 더 나아가 유귀자 시인은 '진심'과 '공감'을 버무려서 '덤덤함'이라는 필살기를 만든다.

괜찮아라는 말은 가장 아프다는 말이다
괜찮아라는 말은 가장 그립다는 말이다
괜찮아라는 말은 가장 힘들다는 말이다

그 말은 돌아서서 하는 말이다
그 말은 검은 마스카라가 번져도 명쾌하게 하는 말이다
그 말은 돌아선 어깨가 각이 잡힐 때 하는 말이다

떠난 뒤 그가 얼마나 허물어질지 알기에
가장 덤덤하게
가장 짧게 하는 말이다
　　　　　　　　　—「가장 아플 때는 가장 덤덤하게」 전문

이 시는 "괜찮아"라는 말의 모범적 용례이다. 이 시에서 보여주는 것처럼 "괜찮아"라는 말이 가장 힘이 있을 때는 반어적으로 쓰일 때다. 전혀 괜찮지 않을 때 가장 유효하다는 뜻이다. 그냥 아픈 게 아니라 '가장' 아플 때 하는 말이기 때문이다.

나는 지금 전혀 괜찮지 못하다. 그런데 누군가 걱정스럽게 묻는다. 얼마나 아프냐고? 얼마나 그립냐고? 얼마나 힘드냐고? 나는 자동응답기처럼 답한다. "괜찮아!"라고. 이때 '괜찮다'라는 말은 두 겹으로 펼쳐진다. 한 겹은 묻는 사람에게, 또 한 겹은 내 자신에게. 앞의 겹이 내 어깨의 각을 잡고 하는 말이라면, 뒤의 겹은 검은 마스카라가 번질 때 하는 말이다. 앞의 겹이 내 자존심 때문에 부려보는 허세라면, 뒤의 겹은 무너지려는 자신을 곧추세우기 위해 거는 자기최면이다.

묻는 사람도 답하는 사람도 다 안다. '괜찮지 않다'는 것을. 서로의 속마음이 다 보일 때는 짐짓 모른 체해야 한다. 그래서 그 사람이 떠난 뒤에 내가 허물어지고, 나를 떠난 뒤에 그 사람은 허물어진다. 그러므로 "가장 아플 때는 가장 덤덤하게"라는 이 경구警句는 오랜 삶의 경륜에서 얻어낸 뜸 든 지혜이다. 이때의 '덤덤함'은 무덤덤함을 가장한 '세심한 배려'이자 '지극한 사랑'의 표현이 아니겠는가.

'시는 곧 그 시인이다'라는 말이 있다. 유귀자의 시는 곧 유귀자 시인과 등가물이다. 시를 읽을 때 시의 화자話者와 시인을 동일시하는 것은 위험한 독법이라고, 그 둘을 분리해서 봐야 한다고 하지만 그 둘이 일치될 때 더 강한 힘이 생기는 건 어쩔 수 없다. 흔히 '산문 뒤에는 숨을 수가 있어도 시 뒤에는 숨을 수가 없다'고 한다. 그래서 시를 쓰는 일은 무섭고 무겁다.

*

이 시집은 유귀자 시인의 첫 시집이다. 다시 말하거니와 늦깎이로 시에 입문해서 이만한 성취를 보인다는 것은 놀랍다. 이 놀라운 성취가 저절로 왔겠는가. 등단이라는 형식적인 절차는 비교적 최근 일이었겠지만 이미 오래 전부터 스스로를 성찰하고, 사물을 통찰하며, 자신의 삶과 언어를 일치시키기 위해 부단히 노력했을 것이다.

그런 탓에 그는 높은 지식과 교양에서 나오는 '상층어휘'로 시를 창작하는 게 아니라, 온몸으로 밑바닥을 훑어온 삶의 진정성에서 건져올린 '기층어휘'로 시를 빚는다. 그래서 그의 시에는 특유의 뚝심과 호소력이 있다. 덤덤하게 말하지만 치열하고, 짧게 말하지만 길다.

흔히 시인의 치열함을 얘기할 때 두 부류로 나눈다. 하나는 '시를 쓰기 위해 사는 사람', 다른 하나는 '살기 위해 시를 쓰는 사람'. 오로지 시를 쓰기 위해 이번 생을 바치는 시인은 존경받아 마땅하겠지만 시라도 쓰지 않으면 도저히 살 수 없을 것 같은 시인을 나는 더 아낀다. 내가 아는 유귀자 시인은 후자에 가깝다. 이 첫 시집이 그의 고단한 삶에 의미 있는 보상이 되었으면 좋겠다.

현대시세계 시인선 171

가장 아플 때는 가장 덤덤하게

지은이_ 유귀자
펴낸이_ 조현석
기 획_ 김정수, 우대식
펴낸곳_ 북인
디자인_ 푸른영토

1판 1쇄_ 2024년 10월 20일
출판등록번호_ 313 - 2004 - 000111
주소_ 121 - 842 서울 마포구 서교동 460 - 34, 501호
전화_ 02 - 323 - 7767
팩스_ 02 - 323 - 7845

ISBN 979-11-6512-171-6   03810
ⓒ유귀자, 2024

**이 책은 경남문화예술진흥원의
문화예술지원을 보조받아 발간되었습니다.**